AF417665

INSTANTÁNEAS DE FICCIÓN

Selección de microcuentos

Vol. 2

INSTANTÁNEAS DE FICCIÓN

Selección de microcuentos

Vol. 2

María Cecilia de la Vega (comp.)

Susurros Chinos

María Cecilia de la Vega
Instantáneas de ficción: selección de microcuentos, vol. 2 - 1a ed. -
Córdoba: Susurros Chinos, 2019.
76 p.; 18 x 13 cm.

ISBN 978-987-86-2698-7

1. Microficción. 2. Microrrelatos. 3. Relatos Personales. I. Vega, María
Cecilia de la, comp. II. Título.
CDD A863

Coordinación y edición:
María Cecilia de la Vega

Miembros del proyecto:
María Basta
Susana Cejas
Emilia del Valle Contreras
Cecilia García Checa
Mariana de Madariaga
Alejandro Ferrero
Patricia Mcgarry
Herminia Morales
Fernando Stagliano
Valentina Torres

Índice

Palabras preliminares

Nos complace presentar el libro *Instantáneas de ficción, volumen 2*, que reúne parte de la labor traductora de Susurros Chinos durante 2019. Los microcuentos incluidos en esta antología pertenecen a escritores contemporáneos de habla inglesa — provenientes de Norte América, Europa y Oceanía— y reflejan de manera cabal la potencia narrativa de la microficción.

Un puñado de palabras, elegidas y dispuestas con maestría, tienen el poder de sumergirnos en historias profundas e inquietantes, imposibles de soltar; historias que siguen diciendo aun después de mucho tiempo de haberlas leído; historias que van conectando recuerdos, sentimientos, sensaciones y anidan en nuestro interior, para acompañarnos y nutrirnos.

La microficción condensa en sus líneas la magia de las palabras, el conjuro de la narrativa. ¿A quién no le gusta que le cuenten un cuento? Los microrrelatos que les acercamos en este nuevo volumen llegan para quedarse, para formar parte del imaginario de aquel niño o niña que nunca nos dejó y que espera con ansias esa voz querida que siempre estará allí, dispuesta a contar un cuento más.

Agradecemos de corazón a los trece autores que con generosidad accedieron a formar parte de esta compilación y a nuestra querida Biblioteca Córdoba que, al final de su majestuosa escalera, alberga nuestros encuentros y proyectos. En lo alto, nuestros debates infinitos y nuestras risas encuentran refugio, lejos del silencio solemne de los libros, cerca de las palabras. Palabras vivas que viajan.

María Cecilia de la Vega
Coord. de Susurros Chinos

De qué hablamos cuando no hablamos de la feria de platos

Victoria Richards

El corazón había estado en un rincón del patio de la escuela por varias semanas antes de que enviaran la nota correspondiente a los hogares.

"Estimados Padres y Tutores", empezaba, con errores en el uso de las mayúsculas. "Como suponemos ya estarán al tanto, apareció un corazón humano en el patio de la escuela, justo al lado de Objetos Perdidos. Nos encontramos imposibilitados de retirarlo por cuestiones de seguridad e higiene. Si alguien sabe a quién pertenece, por favor póngase en contacto con algún miembro de la institución al momento de retirar a su hijo/a en el horario de salida. Enviaremos otra nota a los hogares en caso de que debamos tomar medidas adicionales. Gracias por su colaboración". La nota estaba firmada por la Srta. Smuli, coordinadora de padres y docentes.

Al principio, los niños habían sentido curiosidad: se desafiaban unos a otros a acercarse e hincarlo con un palo. Pero la emoción se había desvanecido y ahora lo ignoraban por completo o lo usaban como poste de arco improvisado. Incluso habían dejado de preguntar a sus maestros cómo era que latía si no estaba conectado a ningún cuerpo.

El grupo de WhatsApp de la Asociación de Padres, en tanto, estaba al rojo vivo. "Esto es INADMISIBLE", despotricó un miembro. "No expongan a mi bebé a órganos ensangrentados cuando está tratando de jugar al fútbol, ¡gracias! ¡Voy a denunciar a la escuela ante Salud Pública!".

"¡¿Pero qué pasa con esta escuela?! ¡Siempre problemas de comunicación!", escribió otro. "Y antes de que alguien explote, prefiero descargarme en el grupo que perder los estribos en la escuela. ¿Podrían decirles que para la próxima nos avisen con una p*** nota apenas ocurra en vez de tenerlo ahí, todo rojo y húmedo y lleno de coágulos, por tres semanas antes de que nos enteremos? Gracias. Cambio y fuera".

Algunos enviaron emojis de ojos en blanco y de bostezos. "Relájense", añadió una mamá. "Es un corazón ¿sí? Supérenlo".

Otros estaban tan metidos en el drama del asunto, en especial cuando llegó a las noticias locales, que parecían incapaces de decir nada. "INDIGNADO con lo que está pasando" envió un papá, después de cinco minutos de *+7782765432 está escribiendo*.

"Qué tremendo en estos tiempos que nuestros medios de comunicación hagan lo que sea para vender periódicos".

"Qué triste lo que ocurre en todas partes". <carita triste>

"Más allá de todo, ¡esto no tiene sentido! ¿¿¿Serán terroristas???".

"Cuídense. Rezo por todos nosotros".

El corazón, como acostumbran hacer los corazones, no escuchó ningún rumor ni chismorreo. Se quedó donde estaba, con un brillo lúgubre, en un charco carmesí de su propia factura, guardándose sus intenciones.

Traducción: Susurros Chinos

Del original *What we're talking about when we're not talking about the cake sale*, de Victoria Richards; publicado en *TSS Publishing*, 16 de febrero, 2018.

Victoria Richards es periodista y ha trabajado para *BBC News*, *The Times* y *The Independent*. En 2017 ganó el premio inaugural *Oh Zoe! Rising Talent* y tuvo muy buenos comentarios en el premio *Bridport*. Vive en Londres y se encuentra trabajando en múltiples proyectos: una novela, una compilación de poesía, otra de cuentos y algunos libros infantiles.
Más información: victoriarichards.co.uk

La ladrona de palabras

Victoria Richards

Una mujer sale de su casa mientras estoy asegurando al bebé en el asiento del auto.

—¡Déjame en paz, loca! —le grita a una mujer más grande con la que comparte el rostro.

Dejo de hacer lo que estoy haciendo y camino hacia ellas, curiosidad disfrazada de preocupación. Al cabo de seis pasos, regreso. El bebé me mira con ojos que tienen varias décadas más que cualquiera de nosotros. Pongo en marcha el auto y parto sin mi bolso.

Me doy cuenta de lo que hice cuando llego a la

guardería y deposito al bebé en los brazos de una mujer como si se tratara de un queso para pesar. Me mira del modo en que se mira a alguien que deja a sus hijos aun cuando fruncen la cara, aun cuando extienden las manitos regordetas. Las puertas pesadas se cierran tras de mí.

Golpeo en las casas. Una mujer me presta un bolígrafo para que deje una nota pegada en un árbol. Comienza a llover y me adentro en el bosque, un último recurso. No pasa demasiado tiempo. Miro el bolso y no lo puedo creer, sostengo las manijas desgastadas lejos de mi cuerpo. Todo está allí. Hasta el efectivo.

Más tarde me siento a escribir. Saco mi cuaderno del bolso, lo abro y me doy cuenta de inmediato. Algo falta. Palabras —miles de palabras—. Las páginas soportan el peso de la poesía recargada, márgenes salpicados con gotas de tinta como si fuera la escena de un crimen. Pero las líneas están vacías e inmóviles. Lo hojeo rápido, las hojas se despliegan como el acordeón arrugado que toca un hombre con una triste sonrisa roja. La última página me deja sin aliento.

Hay una línea. Solo una que no fue tomada. Las palabras no son mías. Estoy segura, aunque es mi letra.

Tirada en lo alto de un edificio, las nubes no se veían más cercanas que cuando estaba tirada en la calle.

Traducción: Susurros Chinos
Del original *The Word Thief*, de Victoria Richards; publicado en *Reflex Fiction*, 27 de febrero, 2018.

Mi madre amaba bailar

Beate Sigriddaughter

Puedo recordarla rastrillando hojas en primavera bajo la forsitia espléndida, preparando tierra negra para las violetas deslumbrantes, permitiéndome arrojar semillas que caían de mis manos como especias mágicas.

Puedo recordarla arrodillada en el entablonado esparciendo cera, luego me dejaba patinar con trapos por la sala, el corredor y más para sacarle brillo a todo.

Puedo recordarla cargando montones de frutas exuberantes desde el mercado, hirviendo cerezas en verano, quitándole la parte magullada a las peras para envasarlas en otoño.

Ni siquiera sé por qué le gustaba tanto bailar.

Esta era la regla que seguía: te toca un solo hombre en la vida, y si no le gusta bailar, entonces no tuviste suerte.

La vi bailar solo una vez con mi prometido en un bar de vaqueros. Tenía setenta y dos. Iba con la nariz en alto y los ojos resplandecientes de triunfo. Muy pronto tuvo dificultad para respirar. No quería detenerse. Mi padre refunfuñaba. "¡Ponerse a bailar!", dijo bufando cuando ella finalmente se sentó, tratando de recuperar el aliento.

Puedo recordarla sin aire, también, en el borde del Gran Cañón.

Una mañana murió tranquilamente mientras dormía. A veces cuando bailo, puedo sentir su risa en mis huesos. Estaba destinada a la alegría.

Traducción: Susurros Chinos

Del original *My Mother Loved to Dance*, de Beate Sigriddaughter; publicado en *Fictionaut.com*.

Beate Sigriddaughter fue nombrada poeta laureada de Silver City, Nuevo México, de 2017 a 2019. Publica un blog titulado *Writing In A Woman's Voice*, donde presenta poesía de autoras femeninas. Por sus propios poemas, ha sido nominada en múltiples ocasiones para el premio *Pushcart*.
Más información: sigriddaughter.net

Diente

Whitney Scharer

La hija de mi actual marido viene a nuestra habitación justo antes del amanecer. Tiene siete para trece, es de huesos grandes, como deben haber sido sus ancestros, forjada para un día de trabajo intenso. Se sienta en el borde de la cama. Esta niña todavía es nueva para mí. Titubeante, me acerco y comienzo a frotar su espalda, y cuando ella se reclina apenas en busca de mi mano, solo dudo un instante antes de rodearla con ambos brazos. No tiene tu latido leve, tus costillas delicadas como las cuerdas de un arpa al rozarlas con mis dedos. Pero ella está aquí, impasible y viva, y respira fuerte con la nariz tapada en la habitación oscura; y tú no.

No dice mucho esta niña. Después de unos minutos su respiración se aquieta y comprendo que estaba asustada, que esta niña se levanta por la noche como lo hacías tú, que quizá con el tiempo se meta en nuestra cama cuando tenga miedo y apriete su cuerpo tibio contra el mío buscando consuelo. La abrazo con fuerza y afloja la mano que había tenido cerrada en un puño todo este tiempo. Dentro hay una perlita blanca, un grano de arroz, un pedacito de cerámica.

—¿Crees que lo dejó el hada de los dientes? —pregunta, y yo estoy llorando: lágrimas calientes se deslizan por mis mejillas y humedecen la espalda de su camisón violeta. Recuerdo lo orgullosa que estabas cuando se te cayó ese diente. Le gritabas a quien quisiera escuchar: *¡Ze me cayó el fiente!* Recuerdo haberlo guardado en aquella caja esmaltada tan especial que te habíamos comprado, con el hadita alada en la tapa. ¿Te fallé en esto también, como en otras mil cosas más? ¿Olvidé entrar a escondidas en tu habitación y reemplazarlo por un dólar?

—¿Crees que el hada de los dientes se confundió? —pregunta esta niña nueva, y giro mi cabeza para que no vea mis lágrimas, la estrecho más fuerte y digo:

—Solo a una niña especial le dejan un diente. Pongámoslo debajo de tu almohada y quizás el hada se dé cuenta y te traiga dinero.

Juntas nos levantamos y vamos a tu habitación y ponemos el dientecito en su cama; y la acuesto como si fuera mi hija, como si la amara tanto como te amo a ti.

Traducción: Susurros Chinos

Del original *Tooth*, de Whitney Scharer; publicado en *New Flash Fiction Review*.

Whitney Scharer es escritora y diseñadora gráfica. Vive en Arlington, Massachusetts, con su familia. Tiene una Maestría en Bellas Artes en Escritura Creativa por la Universidad de Washington. Sus cuentos, ensayos y entrevistas han aparecido en *Vogue, The Telegraph, The Tatler Bellevue Literary, Cimarron Review* y *Mare Nostrum*, entre otras publicaciones. Obtuvo el premio *St. Botolph Emerging Artists*, una beca del Consejo de

Arte de Somerville, y una residencia en el Centro Virginia para las Artes Creativas. Su primera novela *The Age of Light*, basada en la vida de la fotógrafa Lee Miller, fue publicada en febrero de 2019 por Little, Brown and Company.

Más información: whitneyscharer.com

Tostadas quemadas

Julia Hartnett

Son casi las siete. Pronto estarán despiertos.

Afuera, el oscuro amanecer se tiñe de un gris plomizo. El reloj de la cocina hace tictac y la caldera murmura suavemente en el fondo. Adoro la quietud y la calma de las mañanas, pero la casa está a punto de cobrar vida con voces, ruidos de cubiertos y aromas en la cocina.

Aquí viene ella. La bata del lado del revés, las pantuflas cambiadas. Toma la pava y arrastra los pies dejando a su paso la fragancia de la cama tibia.

—Buen día, Jen —susurro. Ella bosteza sin disimulo.

Alacenas y cajones se abren y se cierran. Pone la

mesa; un tazón y dos platitos. De la planta alta llegan ruidos de pasos y golpes. Jack viene corriendo a medio vestir, con el cabello revuelto, la camisa por fuera del pantalón y una sola media. Ya sé lo que sigue.

—Mamá, ¿dónde está mi corbata?

—Donde la dejaste... —Jen bosteza otra vez—. En la baranda.

Jack refunfuña y sube corriendo de nuevo.

—Y cepíllate los dientes —le ordena.

Volutas de vapor empañan la ventana cuando la pava hierve. El aroma intenso del café recién hecho me hace desear una medialuna. Pepina entra a la cocina dando saltitos. Mi pequeña Pepina en su pijama de Pipa Pig.

—Buen día —me saluda con una amplia sonrisa y abraza su elefante rosado y esponjoso.

—Buen día para ti, Pepina bonita, y buen día para el Sr. Efelante.

Sonríe y se trepa a la banqueta que está junto a mí, sienta al Sr. Efelante al lado de su taza de leche. Luego se estira y toma un sorbo ruidoso. La leche le deja un bigote blanco debajo de la nariz. Me sonríe de nuevo.

—¿Te gusta mi bi'ote?

—Muy lindo —le digo con un guiño exagerado.

—Muy lindo, mi amor —dice Jen, todavía al lado de la tostadora.

La tostada salta —huele a hogar… y a quemado—. Jen chasquea la lengua mientras raspa con fuerza la rodaja ennegrecida, luego la tira a la basura. Entra otra rebanada en la tostadora. Grita en dirección al techo.

—¡Jack, vas a llegar tarde!

Pasos apresurados en las escaleras. Jack aparece con la corbata en la mano, la camisa dentro del pantalón y ambas medias puestas. Atrapa la tostada justo cuando salta.

—¡Siéntate un minuto!

—No hay tiempo, mamá. Adiós.

—No te olvides de…

La puerta de entrada se cierra de golpe y ya se fue. Jen suspira, sacude la cabeza y pone otra rodaja de pan en la tostadora. Blandiendo el cuchillo para untar mira a Pepina.

— Cuando crezcas, Pepina, no tengas un hijo varón.

—No lo haré —dice Pepina, riendo.

Jen la besa en la frente y luego se sienta a la mesa. Se sirve cereal en su tazón y se queda mirándolo. Sus hombros se encogen, está casi encorvada. Se me rompe el corazón. Secándose las lágrimas, con la nariz húmeda, busca un pañuelo en su bolsillo y chasquea la lengua otra vez al descubrir que tiene la bata dada vuelta.

—Qué tontita, mami —dice Pepina y me hace un guiño cerrando ambos ojos.

—Sí, tesoro, qué tontita mami —decimos Jen y yo al unísono.

Pepina me mira.

—Papi también piensa que eres tontita.

—Sí, mi cielo, seguro que papi lo habría pensado.

Traducción: Susurros Chinos

Del original *Burnt Toast*, de Julia Hartnett; publicado en *TSS Publishing*, 9 de noviembre, 2017.

Julia Hartnett vive en la costa de East Kent en el Reino Unido y divide su tiempo entre escribir ficción e investigar su historia familiar. Es miembro del grupo de escritura creativa local *Beach,* un puñado de escritores de microficción, drama, prosa y poesía que comparten el amor por la palabra escrita. Su relato *Burn Toast* obtuvo el tercer puesto en la competencia *Autumn 2017 Flash Fiction*. Actualmente, se encuentra trabajando en una novela.

Más información: jajhartnett.com

Equipaje

Anne O'Leary

El plumaje de Percy es tan hermoso que con solo verlo me tranquilizo. Tonos azules y verdes matizados con el negro más cálido. Y las puntas, que bajo cierta luz, parecen de oro puro.

Aunque es más grande que lo usual, su peso resulta cómodo sobre mi hombro, como aquel querido edredón que recuerdo de mi infancia. Con las plumas de su cola en reposo, me siento envuelta en una capa que me protege. Esto no se lo digo a nadie por miedo a hacer el ridículo, pero a veces finjo que llevo puesta una capa de invisibilidad. Me gusta imaginar que paso desapercibida entre la multitud aterradora. Pero, en todo caso, Percy logra el efecto contrario y atrae las miradas curiosas de quienes nos ven juntos. Con su majestuoso porte queda claro que sobresalimos entre la muchedumbre. Cuando los extraños se acercan demasiado, o intentan acariciar sus plumas deslumbrantes sin permiso, grazna con una estridencia que resuena a kilómetros de distancia, particularmente si estamos en un lugar cerrado. Atrae a las personas hacia mí y las mantiene alejadas en igual medida.

El personal de tierra que está en la puerta de embarque no me deja subir con él al avión, aunque ya pagué por su asiento individual.

—Tiene un comportamiento impecable —les aseguro—, mejor que muchos pasajeros que hablan fuerte y acaparan el apoyabrazos.

—Es un pájaro, señora —me dicen.

—Ah, pero es mucho más que un pájaro —los corrijo—. Sin él, no puedo volar. Conmigo, por fin alcanzará una gran altura.

Entonces, tomamos el autobús. Percy mira el paisaje fugaz y sueña con algún día poder sobrevolarlo libremente, sin preocuparse por nada en el mundo.

Traducción: Susurros Chinos

Del original *Baggage*, de Anne O'Leary; publicado en *Fictive Dream. Short stories on line*, 6 de febrero, 2019.

Anne O'Leary vive en Cork, Irlanda. Sus relatos han sido publicados en *Lunate, The Ogham Stone, The Bangor Literary Journal, Spelk, The Wellington Street Review, Fictive Dream, Jellyfish Review, Dodging the Rain, The Nottingham Review, Spontaneity* y *The Incubator*. Ganó los premios *Molly Keane*, en 2018, y *From the Well*, en 2017. Quedó seleccionada para el premio *Colm Tóibín International Short Story* en 2016 y 2017. Recientemente fue incluida en la lista *Best British & Irish Flash Fiction 2018/2019* (BIFFY 50). Más información: anneolearyblog.wordpress.com

La casa del búho

Anne O'Leary

Cuando él muere por fin, contrato a algunos hombres del pueblo para que derriben paredes a martillazos —una pared del comedor aquí, una pared del dormitorio allá—. Cubro las nuevas aberturas con colores brillantes, paños verde botella, rojos, amarillos. Lo que sea que reluzca. Cuelgo espejos por todas partes, espejos baratos que consigo en subastas. Redondos, y ovalados, y con forma de sol. Quisiera encontrar más espejos con forma de sol. En realidad, quisiera llenar la casa de sol.

No importa, cumplen con su cometido, captan la luz del día y suavizan el resplandor de las velas. Pinto las habitaciones de colores vibrantes; rompo vidrios y pego astillas en los cielos rasos de modo que por las noches puedo ver el titilar de las estrellas. Los destellos van y vienen y me acarician el rostro mientras duermo. Se funden con mis ojos, repican en mis pulmones y se convierten en parte de mí.

A su habitación —afuera, separada de la parte principal de la casa— la pinto de negro. Escribo "La guarida del león" arriba de la puerta. Aunque él ya no está aquí, el lugar todavía huele a cueva de animal.

Mis visiones escapan por las ventanas hacia el patio quemado. Primero, tengo la necesidad de crear búhos, con grandes ojos hechos con los fondos de vidrio de las botellas de cerveza que tomó hace tiempo. Sin embargo, poco a poco, vienen a mí otras formas. Los obreros excavan en los canteros, construyen armazones de alambre y mezclan concreto. Juntos, aplicamos capa sobre capa, escuchamos lo que las formas piden ser, luego las decoro con vidrios y clavos. Se convierten en hombres y mujeres con los brazos extendidos, sirenas y camellos en perfecta armonía, águilas en vuelo y gacelas saltando.

Poco a poco, de un modo hermoso, el jardín va tomando la forma de mi mente.

***

(Inspirado en el museo *The Owl House* ubicado en Nieu Bethesda, antiguo hogar de la artista sudafricana Helen Martins).

Traducción: Susurros Chinos

Del original *The Owl House*, de Anne O'Leary; publicado en *Spelk ~ Short, sharp flash fiction*, 19 de junio, 2019.

Palabras

Leonora Desar

Estoy en la cama y caigo atravesando el suelo. Ocurre sin aviso. Un minuto estoy en mi cama con mi marido, sin tener sexo, y al siguiente estoy en la cama con los vecinos nuevos. Viven abajo. Siempre parece que estuvieran teniendo sexo. Incluso cuando no, el sexo está en sus ojos. Miro hacia su ventana, con anhelo, a su cama con dosel, hogar de todo su sexo. Se lo pregunto a mi perro, le pregunto si cree que están teniendo sexo. Y me dice: y tú qué crees. Y ahora lo sé. Los vecinos no solo están teniendo sexo, también están haciendo el crucigrama. Así de competentes son. Todo lo que mi marido y yo podemos hacer es lo del sexo. El crucigrama sería demasiado. Nos volaría los sesos. Ya con que lo hagamos los domingos es suficiente. Mirarnos frente a frente en la mesa, mirar todas las palabras que nunca decimos.

Traducción: Susurros Chinos

Del original *Words*, de Leonora Desar; publicado en *New Flash Fiction Review*.

Leonora Desar vive en Brooklyn. Sus textos han aparecido en *River Styx, Passages North, Black Warrior Review, Mid-American Review, SmokeLong Quarterly, Wigleaf* y *Wigleaf's Top 50*, entre otras publicaciones. Su relato *My Father's Girlfriend* (*matchbook*) fue seleccio-nado para *The Best Small Fictions 2019*. Otros tres de sus relatos fueron elegidos para *Best Microfiction 2019*. Obtuvo el tercer puesto en el concurso de microficción *River Styx*, y fue finalista en el concurso de prosa corta *Quarter After Eight* de Robert J. DeMott, con Stuart Dybek de jurado, y también en el concurso *Crazyhorse's Crazyshorts!*
Más información: leonoradesar.com

Leones en la casa

Beejay Silcox

Hay leones en la casa. Dos, tal vez tres; es difícil saberlo. Llenan la penumbra con sus resoplidos territoriales, sus largos bostezos y sus rugidos de gatos grandes.

Es física común y corriente, un truco de acústica —el zoológico está justo pasando el parque y el sonido viaja—. Pero no es nada común y corriente que haya leones en la casa. Cuando dejas las ventanas abiertas, algo en la forma en que el sonido retumba da la impresión de que los leones estuvieran a tus espaldas en esta nueva casa vieja —acechándote de la cocina al baño, a la habitación, como una especie de ventriloquía—. Si cierras las ventanas, aún puedes oírlos lanzando zarpazos contra el vidrio.

No importa lo que te digas, siempre tienes en el cerebro ese ojo de cavernícola atento que ha estado esperando y vigilando, solo por esto, solo para encontrar leones en la casa. Esa parte tuya de sangre caliente que siempre supo que vendrían. Y las noches en las que no vienen, cuando solo se oye el viento, el tráfico o el ruido embriagador de la calle, esta casa con sus tablas reumáticas y sus bisagras recalcitrantes sabe que volverán. Se queja, se estira y hace crujir sus huesos, y tú estás despierta… despierta… despierta...

Él nunca escuchó los leones en la casa: este hombre, este marido, tu marido. Siempre ha dormido de una manera que no puedes entender. Un sueño distendido: imprudente, despreocupado. Cuando lo conociste, lo envidiabas, pero ahora te aterroriza. Cómo es que puede dormir mientras suenan alarmas de incendio y sirenas de policía. Cómo fue que una vez dejó una perilla de gas abierta y durmió mientras, habitación por habitación, el aire se viciaba con las emanaciones del horno. Cómo es que incluso puede dormir durante tus ataques de asma, ese jadeo ahogado y brutal que suena tan fuerte en tu sangre y cuyo eco puedes sentir durante días.

Solías bromear diciendo que él podría dormir durante un bombardeo, pero luego, cuando vistió un uniforme, resultó que tenías razón.

"Suena como palomitas de maíz", te dijo cuando todo había terminado y dormían otra vez en la misma cama. "Como palomitas de maíz o como un niño reventando las burbujas de un envoltorio plástico".

En algún lugar leíste que la persona que elige el lado de la cama más cercano a la puerta ha tomado, inconscientemente, el rol de protector. Entonces recuerdas todos los lugares en los que vivieron juntos, todas las habitaciones en las que durmieron, desde tu primer departamento de estudiante, con su ruidosa cama rebatible, hasta aquel carísimo piso en la ciudad, tan caliente que tu pez dorado llegó a hervirse. ¿Siempre has sido tú quien vigila la puerta? Sí, pero nunca cambiaron lugares para que así fuera, y no tiene sentido conjurar un análisis psicológico profundo a partir de un accidente arquitectónico, del mismo modo que tampoco tiene sentido dejar de hacer palomitas de maíz en las noches de películas, o sobresaltarse cuando él pisa un envoltorio con burbujas mientras desembalas las cosas frágiles.

Quieres despertarlo por los leones en la casa. No para probar nada, sino para compartir lo imposible de esto. Quieres despertarlo de la manera en que lo despertabas antes para compartir las lunas rojas, las lechuzas en el alféizar y las tormentas eléctricas que iluminaban el dormitorio como el gran flash de una cámara. De la manera en la que solía despertarte por la mañana temprano para que vieras los globos aerostáticos o para despedirse otra vez, con los bolsos ya listos. De la forma en que se despertaban uno a otro con deseo. Pero duerme de modo diferente desde que volvió a casa. Lo hace a propósito, como si quisiera hundirse bajo la superficie de las cosas. Él no te abraza ahora, sino que se aferra a ti. Enreda sus manos en tu pelo y lo sujeta con tanta fuerza que el cuero cabelludo te duele por la mañana. Si te mueves, apoya su peso sobre tu cuerpo, te inmoviliza.

Por alguna razón, no parece correcto despertarlo.

Traducción: Susurros Chinos

Del original *Lions in the House*, de Beejay Silcox; publicado en *The Maters Review*.

Beejay Silcox es una premiada escritora y crítica literaria australiana. Completó una Maestría en Bellas Artes en Estados Unidos. Fue pateada en la cabeza por un gorila, recibió la bendición de un sacerdote budista, quedó atrapada en arenas movedizas, se fugó a Las Vegas y viajó a Timbuktú en un auto reparado con el elástico de un corpiño. Actualmente vive en El Cairo, donde escribe instalada en un departamento de cien años en el medio del Nilo.
Más información: beejaysilcox.com

Siempre sucede cuando menos lo esperas

Chelsea Stickle

Una cebolla morada del tamaño de un puño se balanceaba en lo alto de la pirámide del cajón de cebollas como si la hubieran dejado en ese lugar para ella. En su presencia, el resto del mundo perdió importancia y se convirtió en un concepto. El corazón que latía sin cesar frente a ella era lo único real y, por primera vez en su vida, dejó de pensar y supo qué hacer. Inclinó la cabeza levemente, sus dedos la envolvieron. Era carnosa, grande y pesada. Se sentía firme bajo la delgada capa de piel. La levantó a la altura de sus ojos. La tomó por la base y la hizo girar. Mientras daba vueltas, todos sus amores pasados salieron despedidos como de un carrusel fuera de control. Sus historias quedaron desparramadas por el suelo manchado del almacén, solo quedó la cebolla morada, que latía como el corazón oprimido en su pecho. Todos esos años buscando amor para encontrar solo idiotas. Le dijeron que sucedería cuando menos lo esperase. Y entonces apareció la cebolla. Con tres dedos, la sostuvo ante las luces fluorescentes como una ofrenda y la metió entre sus costillas en la cavidad que solía ocupar su corazón destrozado. Ahora sí, ella podría comenzar de nuevo.

Traducción: Susurros Chinos

Del original *It Always Happens When You Least Expect It*, de Chelsea Stickler; publicado en *Ghost Parachute*, 1 de octubre, 2019.

Chelsea Stickle escribe microficción que ha aparecido o aparecerá en *Jellyfish Review*, *Cleaver*, *Pithead Chapel*, *Hobart*, *McSweeney's Internet Tendency*, entre otras publicaciones. Es lectora para *Pidgeonholes* y vive en Annapolis, MD, con su conejo negro George y un ejército de plantas de interior.
Más información: chelseastickle.com

El peso de la Luna

Jasmine Sawers

La Luna cayó del cielo el martes pasado. La llevé rodando hasta el cobertizo y le di un poco de agua. Gracias, dijo. Por nada, respondí. Le di palmaditas en el cráter que se veía más lastimado. Busqué crema y le puse un poco. Gracias, contestó.

Todos estaban tan preocupados. Que las mareas, decían. Que la rotación de la Tierra. Que la migración de las aves, el cambio de estaciones, la visibilidad nocturna. ¿Dónde está la Luna? El final está cerca. El día del juicio se avecina. Arrepiéntanse.

Ellos no tienen idea de cómo le costaba respirar ni de cuánto la asustaba el espacio exterior. Solo quiero quedarme un momento, me dijo. Te haré compañía, le respondí.

Todos estaban tan preocupados. Que las mareas, decían. Que la rotación de la Tierra. Que la migración de las aves, el cambio de estaciones, la visibilidad nocturna. ¿Dónde está la Luna? El final está cerca. El día del juicio se avecina. Arrepiéntanse.

Ellos no tienen idea de cómo le costaba respirar ni de cuánto la asustaba el espacio exterior. Solo quiero quedarme un momento, me dijo. Te haré compañía, le respondí.

La saqué rodando cuando llovía para que conociera la lluvia. La saqué rodando cuando estaba nublado para que conociera el cielo gris. La saqué rodando cuando estaba soleado, y lloró.

La mantuve con agua, crema y conversación. La Tierra empezó a sufrir. Traté de que la Luna no se enterara, pero igual lo supo.

Un día me dijo que no podía soportarlo más. Sé que soy la causante de este caos. Tengo que ir a casa. Te mantendré a salvo, le dije. No tienes que ir a ningún lado. Puedes quedarte conmigo. Eres un buen chico, respondió.

Entonces la até al final de una cuerda. En un día ventoso, la saqué y corrí hasta que una ráfaga la atrapó y la elevó al cielo. Corrí hasta que me ardieron los muslos y me dolieron los pulmones. Corrí hasta que ya no sentí el peso de la Luna tirando de la cuerda.

Traducción: Susurros Chinos

Del original *The Weight of the Moon*, de Jasmine Sawers; publicado en *NANO Fiction, Volumen 8, Número 2.*

Jasmine Sawers es oriunda de Búfalo y vive en Lexington, KY, donde se desempeña como editora de ficción en *Osedax Press*. Sus relatos han aparecido en publicaciones como *Artvoice, Construction, Ploughshares, [PANK], Flash in the Attic,* y *Sycamore Review.*
Más información: jasminesawers.com

De tu Jerry

Kevin Sterne

I

Jerry le escribe cartas a su madre muerta. Las ata a globos y las deja ir alto, alto, alto.

Aterrizan en patios, aterrizan en piscinas, aterrizan en bosques donde nunca serán encontradas. Caen del cielo sobre las autopistas y asustan a los conductores.

Una dice: *Querida mamá, espero que estés bien. ¿Ya encontraste un buen bar para ir? ¿Tienen dardos? De tu Jerry.*

Jerry se hace amigo del payaso que le vende globos inflados con helio en el parque. Él y Jerry se turnan para poner la boca en la válvula de gas e inhalar hasta que los ojos se les ponen en blanco.

Ella nunca contesta, dice Jerry con voz finita.

Si lo hiciera, ¿qué crees que diría?

Probablemente nada.

Se sientan en el banco junto a la fuente, comparten una botella de whisky y miran cómo la carta de Jerry atraviesa el chorro de agua. Miran cómo se va flotando hasta que ya no la pueden ver más.

II

Esta es más bien una disculpa, le dice Jerry al payaso.

Querida mamá, perdón por la vez que te pedí el auto para salir con una chica y me olvidé de ir a buscarte al trabajo. De tu Jerry.

La mamá caminó bajo la lluvia todo el trecho desde Waffle House hasta su casa, en plena tormenta, solo para encontrar a Jerry y a su novia desnudos en el sofá. Jerry ata la carta de disculpas a un gran globo rojo. Él y el payaso se sientan en el banco y la ven perderse en el cielo azul.

Jerry toma un trago de whisky. Mi mamá no paraba de decir: pareces muy buena chica. Eres más que bienvenida en esta casa cuando quieras. Me encantaría que nos sentáramos a charlar para conocernos mejor.

Deberías enviarle un regalo, dice el payaso con voz finita. ¿Qué es una disculpa sin un regalo?

III

Jerry compra un cartón de cigarrillos Marlboro y lo ata a cuatro globos. Él y el payaso lo ven elevarse al cielo.

Jerry ata cinco globos a la taza de café favorita de su mamá y la ve partir. Adentro hay una nota que dice: *Querida mamá, siento haberme perdido tu cumpleaños por estar drogándome detrás de la planta potabilizadora. Espero que esta taza te levante el ánimo. De tu Jerry.*

Él y el payaso atan 19 globos para mandar un paquete de seis cervezas al cielo. *Querida mamá, perdón por haber preguntado tanto por papá. De tu Jerry.*

Aterrizan en los estacionamientos, quedan en los cables. Descienden sobre las mesas al aire libre de un elegante restaurante italiano.

De tu Jerry

Querida mamá, ¿estás orgullosa de mí? De tu Jerry.

Jerry le pregunta al payaso si quiere escribir una carta.

Nunca tuve madre, le dice el payaso. De todos modos, escribe algo.

Querida mamá de Jerry, la quiero como a mi propia madre. De su Payaso.

Jerry vacía la casa de su mamá muerta cosa por cosa. Él y el payaso le envían una cafetera Mr. Coffee hacia las nubes, su colección de CD, su salida de baño rosa, su radio reloj. Sus bandejas plegables para ver la tele, su licuadora eléctrica y un juego de salero y pimentero con forma de gallina. Pasan todo un día atando 340 globos a un sillón.

Toman largos tragos de whisky y miran cómo se llena el cielo con las cosas de la mamá de Jerry.

Querida mamá, espero que no te sientas sola. Te envío algunas de tus cosas favoritas. De tu Jerry.

El payaso le dice a Jerry que él también se quiere ir, así es que Jerry le ata un globo tras otro hasta que finalmente lo ve elevarse al cielo.

Nadie sabe a dónde irán a parar estas cosas.

Todo debe irse, dice Jerry y saluda al payaso con la mano. Hacia lo alto, alto, alto.

Jerry envía todo, hasta que no queda nada, excepto él.

Traducción: Susurros Chinos

Del original *From your Jerry*, de Kevin Sterne; publicado en *SmokeLog Quaterly*, 25 de marzo, 2019.

Kevin Sterne es escritor y editor, y reside en Chicago. Es autor de *From Your Jerry* (*No Rest Press*, 2019) y de *I've Done Worse* (*Long Day Press*, 2017), y editor principal de *Funny Looking Dog Quarterly*. Sus relatos han aparecido en *Maudlin House*, *SmokeLong Quarterly*, *Sobotka*, entre otras publicaciones. A Kevin le gusta correr y adora los árboles.
Más información: kevinsternewrites.com

Cosecha

Scott Ragland

Hassan ahorra lo que gana para llevar a su esposa y a sus hijas gemelas de excursión por la Gran Carretera Oceánica. Está ansioso por ir, pero dispuesto a esperar. En el cielo no hay bombas.

*****

El autobús llega a la Bahía de Apolo a la hora del almuerzo. La mayoría de los pasajeros son asiáticos que vinieron a Melbourne por negocios y programaron un día de paseo; y hay unos pocos estadounidenses con visas de vacaciones y trabajo, acompañados por sus padres que están de visita y pueden pagar el viaje.

Hassan, que todavía no domina bien el idioma, se

queda en el fondo de la cocina y espera para lavar los platos y tenedores de los estadounidenses que no saben comer con palillos. El guía turístico envió los pedidos de la gente por correo electrónico con antelación. Hassan oye que el hijo del jefe lleva la comida a las mesas, los platos y vasos repican.

***

En su patio, grande como la alfombra de la sala en su casa de Zabadani, Hassan sembró zucchini y pimiento, en honor al clima de estas tierras. También melones, que le recuerdan a su hogar. Llegado el verano, sus hijas ayudarán a recoger la cosecha. Su esposa les dará bolsas de papel para que carguen y regalen a los vecinos.

***

Cuando los turistas terminan de almorzar, el jefe de Hassan les habla de la tienda que vende helado de Vegemite sobre el camino público que conduce a la playa. Luego de lavar los platos, Hassan sale y los ve regresar al autobús y guardar sus teléfonos en bolsos y bolsillos. Su jefe sale y saluda con la mano mientras el vehículo se aleja; Hassan mira a los turistas que devuelven el saludo desde las ventanillas. Al final de la jornada, antes de irse, su jefe le enseña una palabra nueva y le dice cómo usarla en una oración.

—Lluvia —repite Hassan—. La lluvia es buena para las flores.

***

Hassan no ha viajado por la Gran Carretera, pero ha visto fotos en un folleto que dejó un turista. Olas rompiendo contra los acantilados. Ovejas y vacas pastando en las laderas que dan al mar. Pingüinos emergiendo de olas iluminadas por la luna en un viaje opcional a la Isla Phillip. Árboles en una selva tropical que llega al cielo.

Zabadani no se parecía en nada a esto. Pero antes de las bombas era hermoso a su manera. Un lugar donde la gente iba a ver los huertos de ciruela y manzana, donde la familia de Hassan cultivó vegetales por más de quinientos años. A veces, mientras seca los platos con un paño, se acuerda de cuando removía la tierra con las manos, su herencia deslizándose entre los dedos.

***

Llega el autobús con asientos libres, una confusión con las reservas. El jefe de Hassan viene a la cocina y se ofrece a preguntarle al guía si Hassan y su familia podrían sumarse por el resto del viaje.

—Gratis —le dice.

Hasan oye a los turistas que ocupan sus lugares en las mesas, al hijo del jefe que les da la bienvenida.

—Gracias —dice Hasan—, pero no.

Esperará hasta que pueda compartir una bolsa de melones en la parada del almuerzo. Describirá los campos que se extienden en el valle, donde solo sobrevuelan los gavilanes.

Traducción: Susurros Chinos

Del original *Harvest*, de Scott Ragland; publicado en *Cut Bank. The Literary Journal of the University of Montana*, 10 de junio, 2019.

Scott Ragland tiene una Maestría en Bellas Artes en Escritura Creativa (ficción) por la Universidad de Carolina del Norte en Greensboro. Antes de hacer una pausa en su escritura, varios de sus relatos fueron publicados en *Writers' Forum, Beloit Fiction Journal* y *The Quarterly*. Más recientemente, sus textos han aparecido en *apt, The Conium Review, NANO Fiction, Ambit, The Common* (en línea), *Fiction International*, y *Cherry Tree*, entre otras publicaciones. Muy pronto, una de sus microficciones será publicada en *minnesota review*. Vive en Carrboro, N.C., con su esposa, dos perros y un gato. Sus tres hijos ya dejaron el nido.

Temporada baja

Scott Ragland

Papá empezó a escuchar en la radio de onda corta que había que prepararse y encontró una empresa por Internet que construía refugios subterráneos "sin papeleo ni huellas digitales". Miramos desde nuestra galería trasera mientras cavaban el pozo.

—Esa será tu habitación —me dijo papá, señalando un rincón.

Me imaginé la oscuridad, la tierra del otro lado de las paredes.

Papá pensó que podría ganar dinero alquilando el refugio en temporada baja.

—¿Hay temporada baja para el apocalipsis? —preguntó mamá.

Papá dijo que el fin del mundo podría llegar en diciembre.

—Quizá no este diciembre, quizá no el próximo, pero algún diciembre.

Dijo que tenía algo que ver con la órbita del planeta X. Se ofreció a mostrarnos la página web que lo decía.

—Está bien, no hace falta —dijo mamá.

***

Un tipo de Chaska alquiló el refugio. Pensaba que El Fin vendría en algún otro mes que no fuera diciembre, ya que Jesús nació en diciembre, así que fue un buen arreglo. Cuando se fue, la nieve ya se había acumulado, y papá y yo paleamos la entrada para que pudiera salir. Papá dijo que lo recibiríamos de nuevo si había algún indicio de problemas.

Ayudé a papá a reabastecer el refugio con cecina y paquetes de arroz integral. Probó el sistema de filtración de aire para asegurarse de que repelería cualquier rastro de polvo radioactivo o esporas contaminadas.

—Hasta 120 nanómetros —dijo.

***

En diciembre papá dormía en el refugio si escuchaba mucho parloteo en la onda corta.

—¿Por tierra o por mar? —preguntaba mamá.

El mes llegó y se fue. Papá se mudó al refugio definitivamente.

—Asegúrate de ocultar la escotilla —me dijo.

Pero en vez de eso, la mantuve despejada de nieve para que pudiera volver cuando estuviera listo.

Traducción: Susurros Chinos

Del original *Off Season*, de Scott Ragland; publicado en *NANO Fiction, Volumen 9, Número 1*, 19 de marzo, 2015.

Lo que vieron los unicornios

Helen Rye

Encontramos el unicornio en un callejón detrás del Walmart. Estaba extendido de hocico a cola, en dirección norte-sur, igual que los otros que habíamos encontrado últimamente; su cuerno, como la aguja de una brújula. Últimamente estábamos haciendo muchas horas extra. Últimamente veníamos encontrando muchos unicornios muertos.

En un intento por entender este fenómeno, decidimos hacerle una autopsia. Nos cargamos el cuerpo al hombro, aliviados de que fueran las tres de la mañana, las calles desiertas —nadie quiere ser confundido con un asesino de la inocencia—. Incluso cuando están muertos, los unicornios brillan por un tiempo, así que no nos hicieron falta linternas.

En la mesa de acero inoxidable de la sala de autopsias le hicimos una incisión profunda, desde el esternón hasta la pelvis, apartamos la carne. Descubrimos que el vientre estaba lleno de presagios y augurios —ninguno positivo—. Sacamos las entrañas y el panorama se agravó: terremotos y erupciones y señales de tormentas de fuego y hambrunas y civilizaciones que caían y caían sin que ninguna volviera a levantarse. Cuando llegamos al extremo del intestino delgado, ya no quedaba nada más para decir.

Nos preguntamos si debíamos dar aviso a las autoridades. Parecía ser lo correcto, pero las llamadas quedaban en espera, la evidencia fotográfica nos era devuelta, sin que pudiera ser entregada. Pensamos que si hubieran sido el tipo de personas que escuchan las advertencias de los unicornios, habría habido mucho menos que advertir. Pensamos que esto era algo más que los unicornios sabían.

Lo que vieron los unicornios

Cuando empezaron a caer arpías del cielo, la población recién se dio cuenta de que algo pasaba; las compañías de seguro sostenían que el daño causado por una criatura mítica podía considerarse como un acto de Dios, esto enfureció a los teólogos. Las personas culpaban a los hippies, a los cuidadores de zoológicos y a los niños salvajes, y comenzaron a mirar hacia arriba, además de hacia los lados, al cruzar la calle.

Y cuando los dinosaurios emergieron de la tierra, flexionando sus músculos, sus huesos fosilizados crujiendo bajo el peso de la carne nueva, cuando las carcasas de ballenas muertas y extintas hace tiempo se reanimaron y subieron lánguidas hacia la superficie de los océanos, sus pesados movimientos y sus saltos no pudieron ser ignorados. Las marejadas inundaron las ciudades. La gente protestó que así no era como debía terminar el mundo, pero a los dinosaurios y a las ballenas pareció no importarles.

En el final del final, cuando las fallas en las placas tectónicas dividieron los continentes uniendo volcanes como si fueran guirnaldas de flores, cuando los dragones sobrevolaron el cielo rojo de la noche, cual aves rapaces, y ya no hubo más manifestantes ni protestas, ni más llamadas ni teléfonos, nos retiramos a una colina, lejos del cráter fundido donde había estado la ciudad, y fuimos testigos de cómo el planeta se volvió contra sí mismo. Con el sol en retirada y las leyes de la física hartas de todo, vimos caer basura espacial sobre la Tierra, vimos perecer dragones y dinosaurios, ballenas y unicornios, arpías y hippies y teólogos, bajo esta enorme tormenta de granizo metálico.

El cielo estaba tan claro que cuando las últimas olas nos alcanzaron, vimos constelaciones brillar como reflectores. En el norte, vimos a Pegaso, con la estrella moribunda en su hocico. Vimos lo que vieron los unicornios: esto es lo que es y no hay nada nuevo bajo este sol ni bajo ningún otro. Y lo último que vimos fue que nos parecía que estaba bien.

Traducción: Susurros Chinos

Del original *What the Unicorns Saw*, de Helen Rye; publicado en *Atticus Review*, 12 de marzo, 2019.

Helen Rye vive en Norwich, en el Reino Unido. Es becaria *Annabel Abbs* 2019/2020 en el programa de la Maestría en Escritura Creativa de la Universidad de East Anglia. Ganó el premio *Bath Flash Fiction* y el concurso *Reflex Fiction*, y obtuvo el tercer lugar en el premio *Bristol Short story 2018*. Sus relatos han sido nominados para *Best Small Fictions* y el premio *Pushcart*, y seleccionados para el premio *Bridport*. Es editora de envíos en *SmokeLong Quarterly* y editora de prosa en *Lighthouse Literary Journal*. De tanto en tanto colabora en *Ellipsis Zine* y *TSS Publishing*.
Más información: helenrye.com

Can Mayor

Helen Rye

La nariz de un perro, vista de cerca, se parece a la cara de un extraterrestre. Presta atención la próxima vez que veas uno. Su aliento sobre tu rostro es como el hedor fétido de todo lo que se pudre en los desagües de los callejones y las esquinas abandonadas hacia donde los seres insignificantes se arrastran para morir, pero las narices húmedas y frías son como pequeñas criaturas estelares enojadas, y ellas saben lo que significa no encajar.

Les sonrío a los perros. Simplemente lo hago. Les sonrío a todos, y ellos reconocen a un espíritu afín. Canis lupus familiaris, el lobo amigable, el conocido. Cada vez que veo uno en la calle por la ventanilla sucia del ómnibus en el que voy con mis bolsas solo por hacer algo presiono la frente y la punta de la nariz contra el vidrio frío y siento cómo el sudor migra desde mi cerebro hasta mi piel y de allí al vidrio y sonrío. Y ellos sienten que los estoy mirando y levantan la vista, y me miran con ojos profundos como galaxias que me dicen: Nosotros tampoco. No somos parte de esto.

Y entonces ya no me preocupa tanto el olor a pis y a papas fritas viejas, o las sonrisas maliciosas de *mustelinae* de los niños-comadreja despatarrados en el asiento del fondo que creen que no escucho cómo me dicen, Doña bolsa calzón meado, aliento de perro viejo, cabeza hueca. No. Ellos no tienen una tierna nariz de extraterrestre, solo rasgos afilados de comadreja, muy parecidos a las ratas grasientas de alcantarilla, y su olor rancio de niños proviene solo de la maldad y el tormento, como cuando te quitan la bufanda del cuello de un tirón y te raspan la piel vieja y te dejan una marca, o como cuando te escupen la media hamburguesa que te dio aquel hombre junto al basurero en la parte trasera del mercado cuando aún estaba tibia y te llenaba las fosas nasales con el dulce aroma a hogar de las cebollas como solía cocinarlas tu abuela y sentiste el aroma, el aroma, y ellos lo arruinaron. Un perro jamás te haría eso.

El aire exhalado contiene más de 3000 moléculas diferentes, ¿lo sabías? Algunas se modifican cuando te sientes mal, por eso los perros siempre se dan cuenta de estas cosas. Reconocen el balance complejo y delicado de los compuestos orgánicos que exuda un cuerpo humano cansado y solitario y asustado y que no encaja, que nunca encajará en este mundo.

Un perro te descubrirá con su olfato en la calle, congelándote, en tu escondite bajo la vieja escalera de madera oscura en la parte trasera del teatro. Se abrirá paso debajo del último escalón a tu lado y hará de su cuerpo peludo un escudo contra las ráfagas hirientes que se cuelan arrastrando el frío y el polvo y las hojas y la basura. Un perro apoyará su nariz con forma de pequeño extraterrestre triste y enojado que no encaja junto a la tuya y se quedará allí contigo toda la noche, ambos sin encajar en una tierra no apta para perros, porque un perro sabe… un perro siempre, siempre sabe.

Traducción: Susurros Chinos

Del original *Canis Major*, de Helen Rye; publicado en *Flash Flood Journal*, 15 de junio, 2019. Publicado originalmente en *Connotation Press*, 2017.

Rebote

Jason Porter

El entrenador Dawson me llamaba Jeff, aunque mi nombre es Josh. El básquetbol me hablaba. Su fluidez y sus reglas contra el contacto. Movimiento y rebote. Al equipo le fue bien ese año. Vance Dalmation, nuestro nuevo ala-pívot, era un estudiante de intercambio. Se rumoreaba que tenía unos treinta años. Todas las profesoras lo querían en su clase, hacían bromas de básquetbol por lo bajo sobre cómo manejaba las pelotas. Yo quería ser armador suplente, pero me fijé metas que pudiera alcanzar poco a poco. La pubertad me llegó tarde. El resto de los chicos del equipo tenían pelo en lugares donde yo no. No podía competir. Me convertí en el mánager. Vance me apreciaba. Lo ayudaba con la tarea de Geometría, Historia y Teatro. El director de Teatro, el Sr. Jeffries, era bueno conmigo porque yo conocía a Vance y él quería que Vance actuara de Julio César. Qué importaba si a duras penas sabía leer. En fin. Yo trataba de sacar todo el provecho posible. Las chicas lindas me hablaban, decían que querían ser mis amigas. Yo quería más, pero tenía miedo, porque quería sentirme como un hombre, aunque no lo era. Practicaba básquetbol. Hacer driblings con la izquierda. Tiros de espaldas al tablero. Tiros libres. Vance vino a mi casa un día a pasar la noche. Me hizo dormir en el suelo. Por la mañana, lo encontré parado junto a mi madrastra mientras ella hacía panqueques. Un olor flotaba en el aire y no era de arándanos. Hoy soy contador. Vance y yo seguimos siendo amigos en Facebook. Él es calvo.

Traducción: Susurros Chinos

Del original *Bounce*, de Jason Porter; publicado en *Electric Lit*, *Número 12*, 21 de mayo, 2018.

Jason Porter escribe ficción. Su primera novela, *Why Are You So Sad?*, fue publicada por *Plume*. Actualmente, está trabajando en una colección de 250 historias de 250 palabras cada una. Para documentar su labor, abrió un canal de podcasts titulado *Grownups Are Lucky*.
Más información: thejasonporter.com